Über die allmählige Verfertigung der Gedanken beim Reden

Über die allmähliche Verfertigung der Gedanken beim Reden

Heinrich von Kleist

Zwiespältige Ausgabe mit aktuellen Überlegungen von

Vera F. Birkenbihl

16er Reihe

axel dielmann — verlag
Frankfurt am Main

Wenn du etwas wissen willst und es durch Meditation nicht finden kannst, so rate ich dir, mein lieber, sinnreicher Freund, mit dem nächsten Bekannten, der dir aufstößt, darüber zu sprechen. Es braucht nicht eben ein scharfdenkender Kopf zu sein, auch meine ich es nicht so, als ob du ihn darum befragen solltest: nein! Vielmehr sollst du es ihm selber allererst erzählen. Ich sehe dich zwar große Augen machen und mir antworten, man habe dir in frühern Jahren den Rat gegeben, von nichts zu sprechen, als nur von Dingen, die du bereits verstehst. Damals aber sprachst du wahrscheinlich mit dem Vorwitz, *andere*, ich will, daß du aus der verständigen Absicht sprechest, *dich* zu belehren, und so könnten, für verschiedene Fälle verschieden, beide Klugheitsregeln vielleicht gut neben einander bestehen. Der Franzose sagt, l'appétit vient en mangeant, und dieser Erfahrungssatz bleibt wahr, wenn man ihn parodiert und sagt, l'idée vient en parlant. Oft sitze ich an meinem Geschäftstisch über den Akten und erforsche, in einer verwickelten Streitsache, den Gesichtspunkt, aus welchem sie wohl zu beurteilen sein möchte. Ich pflege dann gewöhnlich ins Licht zu sehen, als in den hellsten Punkt, bei dem Bestreben, in welchem mein innerstes Wesen begriffen ist, sich aufzuklären. Oder ich suche, wenn mir eine algebraische Aufgabe vorkommt,

Nach Milton Rokeach ist der Geist offen oder verschlossen. Rokeach betont: Grundsätzlich möchte der Mensch einerseits Informationen von der Welt, andererseits möchte er sich gegen die Welt schützen; je stärker das Schutzbedürfnis, desto weniger bereit / fähig sind wir, Informationen aufzunehmen. Und auch umgekehrt: Je mehr Informationen wir aufnehmen können, desto weniger ausgeprägt ist unser Schutzbedürfnis; desto offener ist demnach unser Geist (im jeweiligen Augenblick). Aber es geht nicht um die Menge der Informationen, die wir aufnehmen, sondern es geht um die Qualität unserer Informationen.

den ersten Ansatz, die Gleichung, die die gegebenen Verhältnisse ausdrückt, und aus welcher sich die Auflösung nachher durch Rechnung leicht ergibt. Und siehe da, wenn ich mit meiner Schwester davon rede, welche hinter mir sitzt und arbeitet, so erfahre ich, was ich durch ein vielleicht stundenlanges Brüten nicht herausgebracht haben würde. Nicht, als ob sie es mir, im eigentlichen Sinne *sagte*; denn sie kennt weder das Gesetzbuch noch hat sie den Euler oder den Kästner studiert. Auch nicht, als ob sie mich durch geschickte Fragen auf den Punkt hinführte, auf welchen es ankommt, wenn schon dies letzte häufig der Fall sein mag. Aber weil ich doch irgend eine dunkle Vorstellung habe, die mit dem, wes ich suche, von fern her in einiger Verbindung steht, so prägt, wenn ich nur dreist damit den Anfang mache, das Gemüt, während die Rede fortschreitet, in der Notwendigkeit, dem Anfang nun auch ein Ende zu finden, jene verworrene Vorstellung zur völligen Deutlichkeit aus, dergestalt, daß die Erkenntnis, zu meinem Erstaunen, mit der Periode fertig ist. Ich mische unartikulierte Töne ein, ziehe die Verbindungswörter in die Länge, gebrauche auch wohl eine Apposition, wo sie nicht nötig wäre, und bediene mich anderer, die Rede ausdehnender Kunstgriffe, zur Fabrikation meiner Idee auf der Werkstätte

Es gibt Leute, die tagtäglich eine Menge Informationen aufnehmen und sich für sehr offene Geister halten. Das Kriterium für **offen** *lautet: Offen ist, wer sich (auch) für Informationen über solche Dinge öffnet, die er nicht glaubt.*
Nur wer es wagt, ernsthaft in Erwägung zu ziehen, was laut bisher gelernten Informationen eigentlich **unglaublich** *ist, hat einen* **wirklich offenen Geist** *... Das ist das Kriterium dafür, ob wir offen sind oder verschlossen.*

Nun hat Hayakawa einen Vorschlag gemacht, den ich

in diesem Zusammenhang gerne anbiete, weil er außerordentlich hilfreich ist. Hayakawa sagt: Normalerweise neigen wir dazu, eine Information entweder ganz zu akzeptieren (sie also für 100 % "wahr" zu nehmen) oder sie ganz abzulehnen (sie somit für 0 % "wahr" zu halten). Dies geschieht gemäß der landläufigen zweiwertigen Pseudo-Logik sehr leicht; aber damit ist unser Geist nicht sehr offen. Sobald wir uns hingegen eine **Skala** *vorstellen – von Null bis 100 –, ändert sich die Situation drastisch!*

Wir hören jetzt beispielsweise eine bestimmte Aussage, die uns nicht paßt. Nun besteht die Gefahr, daß wir "die Klappe gleich dichtmachen" und das Gehörte ablehnen. Wir könnten allerdings stattdessen mit Hayakawa sagen: Das Gehörte

der Vernunft, die gehörige Zeit zu gewinnen. Dabei ist mir nichts heilsamer als eine Bewegung meiner Schwester, als ob sie mich unterbrechen wollte; denn mein ohnehin schon angestrengtes Gemüt wird durch diesen Versuch von außen, ihm die Rede, in deren Besitz es sich befindet, zu entreißen, nur noch mehr erregt und in seiner Fähigkeit, wie ein großer General, wenn die Umstände drängen, noch um einen Grad höher gespannt. In diesem Sinne begreife ich, von welchem Nutzen Moliere seine Magd sein konnte; denn wenn er derselben, wie er vorgibt, ein Urteil zutraute, das das seinige berichten konnte, so ist dies eine Bescheidenheit, an deren Dasein in seiner Brust ich nicht glaube. Es liegt ein sonderbarer Quell der Begeisterung für denjenigen, der spricht, in einem menschlichen Antlitz, das ihm gegenüber steht; und ein Blick, der uns einen halbausgedrückten Gedanken schon als begriffen ankündigt, schenkt uns oft den Ausdruck für die ganze andere Hälfte desselben. Ich glaube, daß mancher große Redner, in dem Augenblick, da er den Mund aufmachte, noch nicht wußte, was er sagen würde. Aber die Überzeugung, daß er die ihm nötige Gedankenfülle schon aus den Umständen, und der daraus resultierenden Erregung seines Gemüts schöpfen würde, machte ihn dreist genug, den Anfang, auf gutes

Glück hin, zu setzen. Mir fällt jener »Donnerkeil« des Mirabeau ein, mit welchem er den Zeremonienmeister abfertigte, der nach Aufhebung der letzten monarchischen Sitzung des Königs am 23ten Juni, in welcher dieser den Ständen auseinander zu gehen anbefohlen hatte, in den Sitzungssaal, in welchem die Stände noch verweilten, zurückkehrte und sie befragte, ob sie den Befehl des Königs vernommen hätten? »Ja«, antwortete Mirabeau, »wir haben des Königs Befehl vernommen« – ich bin gewiß, daß er bei diesem humanen Anfang noch nicht an die Bajonette dachte, mit welchen er schloß: » ja, mein Herr«, wiederholte er, »wir haben ihn vernommen« – man sieht, daß er noch gar nicht recht weiß, was er will. »Doch was berechtigt Sie« – fuhr er fort, und nun plötzlich geht ihm ein Quell ungeheurer Vorstellungen auf – »uns hier Befehle anzudeuten? Wir sind die Repräsentanten der Nation.« – Das war es, was er brauchte! »Die Nation gibt Befehle und empfängt keine.« – um sich gleich auf den Gipfel der Vermessenheit zu schwingen. »Und damit ich mich Ihnen ganz deutlich erkläre« – und erst jetzo findet er, was den ganzen Widerstand, zu welchem seine Seele gerüstet dasteht, ausdrückt: «so sagen Sie Ihrem Könige, daß wir unsre Plätze anders nicht als auf die Gewalt der Bajonette verlassen werden.« –

könnte ja zu 1 % wahr sein. 1 % muß uns nicht so **sehr** *ängstigen wie die mächtigen 100 %, nicht wahr? – Und jetzt kommt die ganze Tragweite des Hayakawa'schen Ansatzes ins Rollen:*
Die angebotene Aussage hat einerseits ihre Mächtigkeit verloren, andererseits muß sie auch nicht mehr radikal unwahr sein. Wir stipulieren also unser eines Prozent und sagen: "Erzählen Sie mir mehr!", statt alles rundweg abzulehnen!

Wir fordern den anderen jetzt auf, weiterzusprechen, während wir normalerweise blockiert wären. Jetzt bekommen wir weitere Informationen, die das Bild ganz anders darstellen, als wenn wir gleich geblockt und nichts weiter erfahren hätten.
Das ist der **Vorteil Nr. 1.**

Vorteil Nr. 2: *Vielleicht merken wir bei dem nun einsetzenden und von uns zugelassenen Geschwafel, daß dieser Mensch Gerüchte verbreitet. Vielleicht hat er das von ihm Verbreitete irgendwann einmal ohne kritische Überprüfung gelernt. Mag sein, schon sein Vater hatte ihm immer erzählt, was Südamerikaner für Typen sind, oder dergleichen. Vielleicht hat er nie durch eigene Anschauung überprüft, was er von sich gibt...*

Ich darf hier eine **Zwischenbemerkung** *zu den erlernten Programmen aus dem Elternhaus einfügen. Wir halten so etwas ja gerne für unsere* MEINung. *Das hat aber mit* MEIN *oft gar nichts zu tun, wenn einem etwas ursprünglich von* ANDEREN *eingeredet worden ist. Ich nenne derlei auch entsprechend gerne*

Worauf er sich, selbst zufrieden, auf einen Stuhl niedersetzte. – Wenn man an den Zeremonienmeister denkt, so kann man sich ihn bei diesem Auftritt nicht anders, als in einem völligen Geistesbankerott vorstellen; nach einem ähnlichen Gesetz, nach welchem in einem Körper, der von dem elektrischen Zustand Null ist, wenn er in eines elektrisierten Körpers Atmosphäre kommt, plötzlich die entgegengesetzte Elektrizität erweckt wird. Und wie in dem elektrisierten dadurch, nach einer Wechselwirkung, der ihm inwohnende Elektrizitäts-Grad wieder verstärkt wird, so ging unseres Redners Mut, bei der Vernichtung seines Gegners zur verwegensten Begeisterung über. Vielleicht, daß es auf diese Art zuletzt das Zucken einer Oberlippe war oder ein zweideutiges Spiel an der Manschette, was in Frankreich den Umsturz der Ordnung der Dinge bewirkte. Man liest, daß Mirabeau, sobald der Zeremonienmeister sich entfernt hatte, aufstand und vorschlug: 1) sich sogleich als Nationalversammlung und 2) als unverletzlich zu konstituieren. Denn dadurch, daß er sich, einer Kleistischen Flasche gleich, entladen hatte, war er nun wieder neutral geworden und gab, von der Verwegenheit zurückgekehrt, plötzlich der Furcht vor dem Chatelet und der Vorsicht Raum. – Dies ist eine merkwürdige Übereinstimmung zwischen den Erscheinungen der physichen und moralischen Welt, welche sich, wenn man sie verfolgen wollte, auch noch in den Nebenumständen bewähren würde. Doch ich verlasse mein Gleichnis und kehre zur Sache zurück. Auch Lafontaine gibt, in seiner Fabel: les animaux malades de la peste, wo der Fuchs dem Löwen eine Apologie zu halten gezwungen ist, ohne zu wissen, wo er den Stoff dazu hernehmen soll, ein merkwürdiges Beispiel von einer allmähligen Verfertigung des Gedankens aus einem in der Not hingesetzten Anfang. Man kennt diese Fabel. Die Pest herrscht im Tierreich, der Löwe versammelt die Großen desselben und eröffnet ihnen, daß dem Himmel, wenn er besänftigt werden solle, ein Opfer fallen müsse. Viele Sünder seien im Volke, der Tod des größesten müsse die übrigen vom Untergang retten. Sie möchten ihm daher ihre Vergehungen aufrichtig bekennen. Er für sein Teil gestehe, daß er, im Drange des Hungers, manchem Schafe den Garaus gemacht; auch dem Hunde, wenn er ihm zu nahe gekommen; ja, es sei ihm in leckerhaften Augenblicken zugestoßen, daß er den Schäfer gefressen. Wenn niemand sich größerer Schwachheiten schuldig gemacht habe, so sei er bereit zu sterben. »Sire«, sagt der Fuchs, der das Ungewitter von sich ableiten will, »Sie sind zu großmütig. Ihr edler Eifer

ANDERungen. ANDERungen *sind "MEINungen", die wir nicht richtig begründen können: weil wir sie ja* von Kindesbeinen an *gehört haben. Begründungen waren nicht notwendig, und wenn man Vater oder Mutter gefragt haben würde, wäre die Antwort wahrscheinlich gewesen: "Weil ich das so sage. Basta!"*

Das Skalenmodell *nach Hayakawa kann uns, so gewendet, auch dabei helfen, einige unserer eigenen ANDERungen zu identifizieren.*

Vorteil Nr. 3: *Wenn Sie nun doch widersprechen wollen, und Sie widersprechen immerhin erst jetzt, nachdem der andere mehr als zunächst zugelassen gesagt hat, dann können Sie nunmehr weit differenzierter (dagegen) argumentieren. Andererseits kann es auch sein – wenn Sie einen offenen Geist haben –, daß Ihnen das eine oder andere einleuchtet, so daß Sie in die Lage versetzt werden, Ihre frühere Meinung (MEINung?) in Frage zu stellen.*

Ich möchte Ihnen in diesem Zusammenhang eine **Denksportaufgabe** *vorschlagen. Bitte notieren Sie sich bei Gelegenheit drei oder vier Themen, zu denen Sie einen ganz klaren Standpunkt vertreten! Und nun könnten Sie regelmäßig – als Denkübung,*

führt Sie zu weit. Was ist es, ein Schaf erwürgen? Oder einen Hund, diese nichtswürdige Bestie? Und: quant au berger«, fährt er fort, denn dies ist der Hauptpunkt: »on peut dire«; obschon er noch nicht weiß was? »qu'il méritoit tout mal«; auf gut Glück; und somit ist er verwickelt; »étant«; eine schlechte Phrase, die ihm aber Zeit verschafft: »de ces gens-là«, und nun erst findet er den Gedanken, der ihn aus der Not reißt: »qui sur les animaux se font un chimérique empire.« – Und jetzt beweist er, daß der Esel, der blutdürstige! (der alle Kräuter auffrißt) das zweckmäßigste Opfer sei, worauf alle über ihn herfallen und ihn zerreißen. – Ein solches Reden ist ein wahrhaftes lautes Denken. Die Reihen der Vorstellungen und ihrer Bezeichnungen gehen neben einander fort, und die Gemütsakten für eins und das andere kongruieren. Die Sprache ist alsdann keine Fessel, etwa wie ein Hemmschuh an dem Rade des Geistes, sondern wie ein zweites, mit ihm parallel fortlaufendes Rad an seiner Achse. Etwas ganz Anderes ist es, wenn der Geist schon, vor aller Rede, mit dem Gedanken fertig ist. Denn dann muß er bei seiner bloßen Ausdrückung zurückbleiben, und dies Geschäft, weit entfernt, ihn zu erregen, hat vielmehr keine andere Wirkung, als ihn von seiner Erregung abzuspannen. Wenn daher eine Vorstellung verworren ausgedrückt wird, so folgt der Schluß noch gar nicht, daß sie auch verworren gedacht worden sei; vielmehr könnte es leicht sein, daß die verworrenst ausgedrückten grade am deutlichsten gedacht werden. Man sieht oft in einer Gesellschaft, wo, durch ein lebhaftes Gespräch, eine kontinuierliche Befruchtung der Gemüter mit Ideen im Werk ist, Leute, die sich, weil sie sich der Sprache nicht mächtig fühlen, sonst in der Regel zurückgezogen halten, plötzlich mit einer zuckenden Bewegung, aufflammen, die Sprache an sich reißen und etwas Unverständliches zur Welt bringen. Ja, sie scheinen, wenn sie nun die Aufmerksamkeit aller auf sich gezogen haben, durch ein verlegnes Gebärdenspiel anzudeuten, daß sie selbst nicht mehr recht wissen, was sie haben sagen wollen. Es ist wahrscheinlich, daß diese Leute etwas recht Treffendes, und sehr deutlich, gedacht haben. Aber der plötzliche Gesprächswechsel, der Übergang ihres Geistes vom Denken zum Ausdrücken, schlug die ganze Erregung desselben, die zur Festhaltung des Gedankens notwendig, wie zum Hervorbringen, erforderlich war, wieder nieder. In solchen Fällen ist es um so unerläßlicher, daß uns die Sprache mit Leichtigkeit zur Hand sei, um dasjenige, was wir gleichzeitig gedacht haben, und doch nicht gleichzeitig von uns geben können, wenigstens so schnell, als möglich, auf ein-

als Gedanken-Gymnastik – versuchen, den jeweils anderen *Standpunkt zu sehen, der Ihrer bisherigen Meinung widerspricht. Wenn Sie diese Übung durchführen, dann machen Sie…*

Aerobics für den Geist

oder, noch genauer: Aerobics für den offenen Geist.

Das sollten wir tun. Auf daß wir die Angst *verlieren,* das Undenkbare *überhaupt zu denken!*

Nehmen wir als Beispiel Ufos. Viele Leute sagen ohne zu zögern: So ein Krampf! Und dann wollen sie nichts mehr hören oder lesen (oder denken)!

Ich weiß nicht, ob es Ufos gibt oder nicht. Aber der offene Geist wird bereit sein, sich doch (oder noch) einmal mit der Frage zu befassen, auch und gerade wenn der Gehirn-Besitzer glaubt, schon alles zu wissen – und ablehnen zu können. Möglicherweise sind aber neue Daten aufgetaucht, möglicherweise würden diese sogar uns neugierig machen, möglicherweise überzeugen können – wenn wir sie zur Kenntnis nähmen.
Oder trainieren Sie mit der Frage, ob es ein Leben nach dem Tode gibt...

Oder reflektieren Sie über das Gute in jedem Menschen, einschließlich der Menschen, bei denen Sie ja eigentlich total vom Gegenteil überzeugt sind...

ander folgen zu lassen. Und überhaupt wird jeder, der, bei gleicher Deutlichkeit, geschwinder als sein Gegner spricht, einen Vorteil über ihn haben, weil er gleichsam mehr Truppen als er ins Feld führt. Wie notwendig eine gewisse Erregung des Gemüts ist, auch selbst nur, um Vorstellungen, die wir schon gehabt haben, wieder zu erzeugen, sieht man oft, wenn offene, und unterrichtete Köpfe examiniert werden, und man ihnen, ohne vorhergegangene Einleitung, Fragen vorlegt, wie diese: was ist der Staat? Oder: was ist das Eigentum? Oder dergleichen. Wenn diese jungen Leute sich in einer Gesellschaft befunden hätten, wo man sich vom Staat oder vom Eigentum schon eine Zeitlang unterhalten hätte, so würden sie vielleicht mit Leichtigkeit durch Vergleichung, Absonderung und Zusammenfassung der Begriffe, die Definitionen gefunden haben. Hier aber, wo diese Vorbereitung des Gemüts gänzlich fehlt, sieht man sie stocken, und nur ein unverständiger Examinator wird daraus schließen, daß sie nicht wissen. Denn nicht *wir wissen*, es ist allererst ein gewisser *Zustand* unsrer, welcher weiß. Nur ganz gemeine Geister, Leute, die, was der Staat sei, gestern auswendig gelernt und morgen schon wieder vergessen haben, werden hier mit der Antwort bei der Hand sein. Vielleicht gibt es überhaupt keine schlechtere Gelegenheit, sich von einer vorteilhaften Seite zu zeigen, als grade ein öffentliches Examen. Abgerechnet, daß es schon widerwärtig und das Zartgefühl verletzend ist und daß es reizt, sich stetig zu zeigen, wenn solch ein gelehrter Roßkamm uns nach den Kenntnissen sieht, um uns, je nachdem es fünf der sechs sind, zu kaufen oder wieder abtreten zu lassen: es ist so schwer, auf ein menschliches Gemüt zu spielen und ihm seinen eigentümlichen Laut abzulocken, es verstimmt sich so leicht unter ungeschickten Händen, daß selbst der geübteste Menschenkenner, der in der Hebeammenkunst der Gedanken, wie Kant sie nennt, auf das Meisterhafteste bewandert wäre, hier noch, wegen der Unbekanntschaft mit seinem Sechswöchner, Mißgriffe tun könnte. Was übrigens solchen jungen Leuten, auch selbst den unwissendsten noch, in den meisten Fällen ein gutes Zeugnis verschafft, ist der Umstand, daß die Gemüter der Examinatoren, wenn die Prüfung öffentlich geschieht, selbst zu sehr befangen sind, um ein freues Urteil fällen zu können. Denn nicht nur fühlen sie häufig die Unanständigkeit dieses ganzen Verfahrens: man würde sich schon schämen, von jemandem, daß er seine Geldbörse vor uns ausschütte, zu fordern, viel weniger, seine Seele: sondern ihr eigener Verstand muß hier eine gefährliche Musterung passieren, und sie mögen

Oder zur Legalisierung von Drogen... Welche Konsequenzen würde dieses Umdenken haben?

Sie könnten auch versuchen, zur Frage der Abtreibung den Standpunkt einzunehmen, den Sie zurückweisen.
Aber Sie sehen schon, es gibt jede Menge Themen, bei denen wir leider manchmal so stur und **so dicht** *sind, daß wir, wenn wir nur die ersten drei Silben hören,* **sofort** *sämtliche Schotten dichtmachen.*
Aber natürlich halten wir uns desungeachtet für offene Geister!

Nun, wenn wir oft genug Aerobics für den Geist durchführen, dann wird unser Geist vielleicht in absehbarer Zeit halb so offen, wie wir heute schon glauben, daß er es sei.

Und übrigens, falls Sie das hiesige oder irgendeine andere in diesem Bändchen vorgebrachte Aussage anders sehen, dann können Sie ja gleich fleißig üben, Ihren Geist zu öffnen, nicht wahr?

oft ihrem Gott danken, wenn sie selbst aus dem Examen gehen können, ohne sich Blößen, schmachvoller vielleicht, als der, eben von der Universität kommende, Jüngling gegeben zu haben, den sie examinierten.

Die Fortsetzung folgt.

17. Auflage im Oktober 2025.

Die Gestaltung erfolgte durch Urs van der Leyn, Basel, der den Satz aus der Bernhard Modern und der Futura besorgte. Der Druck der Inhaltsseiten auf 100 g/qm Werkdruckpapier geschah bei Wagner Druck, Wetzlar Dutenhofen. Herstellung des Umschlages sowie die Fadenheftung erfolgten, wie stets bei den Ausgaben unserer 16er-Reihe, von Hand im Verlag.

Kleists Aufsatz ist zwischen 1805 (in Königsberg) und 1808 (in Dresden) entstanden und war wohl mit Fortsetzung zum Abdruck in einer Zeitschrift geplant. Gleichwohl erschien der Text, zudem unvollständig, erst 1878 in Paul Lindaus Zeitschrift »Nord und Süd«. Seither jedoch wurde »Über die allmählige Verfertigung der Gedanken beim Reden« immer wieder als Grundsatztext zur Reflektion unserer »Sprachfindung« herangezogen.

In Vera F. Birkenbihls Text wird auf die beiden folgenden Bücher Bezug genommen: »The open and the closed mind« von Milton Rokeach, 1960 bei Basic Books, New York, erschienen und leider vergriffen; sowie »Sprache im Denken und Handeln« von S.I. Hayakawa.

Unter den circa 30 Buchtiteln von Vera F. Birkenbihl sei insonders hingewiesen auf den Band »115 Ideen für ein besseres Leben« und auf den demnächst erscheinenden »Birkenbihl-Power-Tag«.

Als weitere Parallele zu Kleists Text bietet sich auch Michel de Montaignes »Du parler prompt ou tardif« an, von dem hin und wieder gemutmaßt wurde, er könne Kleist als Anregung zu seinem Essay inspiriert haben.

ISBN 978 3 929232 55 4